Las diabluras de

SALEM HYDE

1

Un lío de conjuros

Frank Cammuso

edebé

Paseo de San Juan Bosco 62
08017 Barcelona
www.edebe.com

Atención al cliente 902 44 44 41
contacta@edebe.net

Directora de Publicaciones: Reina Duarte
Editora de Literatura Infantil: Elena Valencia
© *Traducción:* Raquel Solà

Primera edición: septiembre 2014

ISBN 978-84-683-1292-7
Depósito Legal: B. 11152-2014
Impreso en España
Printed in Spain

¡HOLA, SHELLY!
¿QUÉ HACES?

¿NO LO VES? ESTUDIO PARA EL CONCURSO DE DELETREO Y CONJUGACIÓN.
¿SÍ? ¡YO CONJURO MUY BIEN!
CONJUGAR / DELETREAR

¡BAH! ¡TÚ QUÉ VAS A SABER CONJUGAR!
¡SÉ UN MONTÓN DE CONJU-RACIONES!

SI AÚN NO SABES NI DELETREAR, LISTA. A QUE NO DELETREAS «DINOSAURIO».
HUMM, ¿DINOSAURIO-DINOSAURIO?
DINOSAURIO... ¿CÓMO ERA?

¡PIEDRA, FÓSIL Y GESTO RAUDO, CAMBIA HUESO POR DINOSAURIO!
STOP

AAAAGGHHHHH

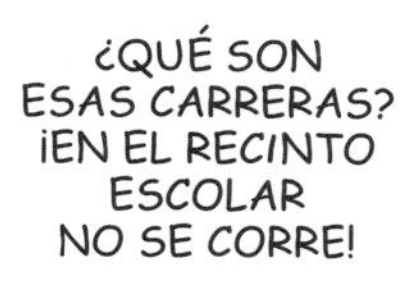
¿QUÉ SON
ESAS CARRERAS?
¡EN EL RECINTO
ESCOLAR
NO SE CORRE!

GLUPS

¡DINOSAURIO!

¡EN EL RECINTO
ESCOLAR
NO SE CORRE!

TOC TOC
¡POR FAVOR NO ME COMAS!
HOLA, SR. FINK, ¿HA VISTO A LA SRA. FOSSIL? SE HA CONVERTIDO EN DINOSAURIO POR ACCIDENTE.
¡GRACIAS!

POCO DESPUÉS
DIRECTORA McCOBB
¡SALEM HYDE ES UNA BRUJA!
¡SR. FINK, SABE DE SOBRA QUE EN NUESTRA ESCUELA NO SE INSULTA A LA GENTE!

¿POR QUÉ APESTA USTED A BASURA?
¡ME HE ESCONDIDO EN EL CONTENEDOR PARA HUIR DE LA SRA. FOSSIL, EL DINOSAURIO!

¡¿QUÉ LE ACABO DE DECIR SOBRE NO INSULTAR A LA GENTE?!

¡YA HE VISTO A MUCHAS COMO ELLA! ¡ES UNA ALBOROTADORA!
¡CÁLMESE, SR. FINK!
Escuela Elemental Lee Brown Coye

DESDE QUE SALEM HYDE ESTÁ EN NUESTRA ESCUELA, ESTÁN PASANDO COSAS EXTRAÑAS.
¡ESTÁ BIEN!

¿SI SE VE IMPLICADA EN MÁS DIABLURAS, SERÁ EXPULSADA?
¡SÍ! PERO VÁYASE DE MI OFICINA. ¡APESTA!

CUÁNTAS VECES TE LO HEMOS DICHO: ¡MAGIA EN LA ESCUELA NO!

¿UNAS TROPECIENTAS?

LO SIENTO. FUE UN ACCIDENTE, CREÍA QUE CONJUGAR Y CONJURAR ERA LO MISMO.

LO SÉ, CIELO, AÚN TIENES QUE APRENDER MUCHAS COSAS.
Y EN LA ESCUELA NO TE CONOCEN COMO TE CONOCEMOS NOSOTROS.

Conoce a SALEM HYDE

A SALEM LE GUSTA

1. HACER AMIGOS
2. LOS UNICORNIOS (TODOS)
3. VOLAR
4. TODOS LOS DIBUJOS ANIMADOS

A SALEM NO LE GUSTA

1. QUE LE DIGAN QUE NO PUEDE HACER ALGO
2. LAS VERDURAS (NINGUNA)
3. IRSE A LA CAMA / LEVANTARSE TEMPRANO
4. LOS ABUSONES

PODERES MÁGICOS

SALEM PUEDE...

* LANZAR CONJUROS MÁGICOS
* VOLAR CON UNA ESCOBA
* SER SUPERIRRITANTE (EN REALIDAD NO ES UN PODER MÁGICO, ES MÁS BIEN UN PODER INFANTIL)

HOGAR DE SALEM
LO QUE SALEM NECESITA ES UN ANIMAL DE COMPAÑÍA.
TÍA MARTHA, SALEM TIENE UN MONTÓN DE MASCOTAS: UN HÁMSTER, UN TRITÓN, UN PEZ DE COLORES...
NO ME REFIERO A UNA MASCOTA, SINO A UN COMPAÑERO PARA SUS NECESIDADES ESPECIALES.

¿COMO UN PERRO LAZARILLO?
ALGO ASÍ COMO UN PERRO GUARDIÁN.
¿Y UN MONO MAYORDOMO?

¿PODRÍAS CONSEGUIRLE UN ANIMAL DE COMPAÑÍA A SALEM?

CLARO, MIENTRAS SALEM NO SEA DEMASIADO EXIGENTE.

¡QUIERO UN UNICORNIO!

RING RING
¡EH, GATO! ¡ES PARA TI!

¿DIGA? ¡TÍA MARTHA! ¿CÓMO ESTÁS?
YO BIEN. ESTOY EN EL NEGOCIO DE LA RESTAURACIÓN. SÍ, BUENO, ¡ESTOY LIMPIANDO!

¿UN TRABAJO? ¿PARA MÍ? ¿DE QUÉ?

OH, ¿ANIMAL DE COMPAÑÍA? ¿ESO NO ES PELIGROSO?

¡NO SOY UN GATO COBARDICA!
¡SOY UN MININO PRECAVIDO!
CRASH

¡VOY ENSEGUIDA!

PERO PRIMERO DEBO HABLAR CON MI JEFE SOBRE MI POTENCIAL EN EL NEGOCIO.

¡VALE! LO PROBARÉ.
PERO A LA MENOR SEÑAL DE PROBLEMAS, ¡ME LARGO!

Conoce a WHAMMY

A WHAMMY LE GUSTA...

1. CONTAR HISTORIAS
2. LA PIZZA (TODAS)
3. QUE LE RASQUEN LA BARRIGA
4. LAS PIÑATAS

A WHAMMY NO LE GUSTA...

1. VOLAR
2. LOS PROBLEMAS (DE CUALQUIER TIPO)
3. QUE LE LLAMEN GATO COBARDICA
4. VOLAR

PODERES MÁGICOS

SORPRENDENTEMENTE, WHAMMY NO TIENE PODERES MÁGICOS PERO TIENE...

* SUPERSENSIBILIDAD
* MÁS DE 800 AÑOS DE EXPERIENCIA
* LE QUEDAN 5 DE SUS 7 VIDAS

BUS STOP
COFF COFF
BUS

GGGRRRRRRRR
CERRAD LA PUERTA
CUIDADO CON FERGUS
NO DEJES SALIR A FERGUS

DING DONG

BUENAS. ¿ESTÁ SALEM HYDE EN CASA?

PLAM

DING
DONG

¿ES AQUÍ EL 1366 DE LA CALLE SLEEPY HOLLOW?
SALEM, ¿QUIÉN LLAMA A LA PUERTA?

¿HA DICHO «SALEM»?

PLAM

¿QUIÉN ESTÁ EN LA PUERTA?
¿UN POBRE?

¿QUÉ DESEA? OH, USTED DEBE DE SER...

PERCIVAL J. WHAMSFORD III, A.M.C.

¿Y QUÉ SIGNIFICA A.M.C.?
ANIMAL MÁGICO DE COMPAÑÍA.

¿ANIMAL MÁGICO DE COMPAÑÍA? ¡ES UN GATO!

¿UNA BRUJA CON UN GATO? ¿QUÉ TIENE ESO DE ORIGINAL?

ENTRE, SR. WHAMSFORD. SALEM ESTÁ MUY CONTENTA DE TENERLE AQUÍ.

¡YO QUERÍA UN UNICORNIO!

EL SR. WHAMSFORD ESTÁ AQUÍ PARA AYUDARTE, SALEM.
¡YO NO NECESITO QUE NADIE ME AYUDE!
¡NADIE ME DICE LO QUE TENGO QUE HACER!

¡OYE, WHAMMY, TÚ NO ME MANDAS!

¿POR QUÉ NO SALES A JUGAR FUERA?
¡SOY UNA PERSONA INDEPENDIENTE!

DESDE LUEGO, ES UNA NIÑA CABEZOTA.
¿CREE USTED QUE PODRÁ AYUDARLA?

HACE 800 AÑOS QUE ENSEÑO A JÓVENES BRUJAS A USAR SUS PODERES.

PERO SI LA NIÑA NO QUIERE APRENDER, ENTONCES NO PODRÉ HACER GRAN COSA.
CUANDO CONOZCA A SALEM YA VERÁ QUE EN REALIDAD ES UNA NIÑA ENCANTADORA.

¿ASÍ QUE NI USTED NI SU MARIDO TIENEN PODERES MÁGICOS?
ESO ES, PERO MI TÍA MARTHA ES BRUJA.

¿QUÉ SABE HACER SALEM?
SALEM CONOCE ALGUNOS HECHIZOS...

PERO AÚN NO SABE CONJURAR DEMASIADO BIEN.

AQUÍ TIENE MI CONTRATO ESTÁNDAR.
CONTRATO ESTÁNDAR
Yo, Percival J. Whamsford III, me quedaré una semana en el 1366 de la calle Sleepy Hollow. Si a media noche del viernes alguien no está contento con esta relación, entonces el contrato quedará cancelado. Pero si me quedo pasada la media noche, entonces me quedaré un año.
Percival J. Whamsford III
¡ESTOY SEGURA DE QUE SERÁ UN AÑO FANTÁSTICO!
ESTOY SEGURO DE QUE EL VIERNES ME MARCHARÉ.

ARRIBA.
ARRIBA.
¡UIG!
¿QUÉ
HORA
ES?

¡ES HORA
DE
LEVANTARSE!
¿POR
QUÉ?

VAMOS A
PROBAR
TUS
DOTES
DE BRUJA.
KAZAAM
HUMM...,
NO ESTÁ
MAL.

UAAH
¿QUÉ HACEMOS AQUÍ FUERA?
COMPROBARÉ TUS TRES APTITUDES FUNDAMENTALES DE BRUJERÍA: CONTROL, VUELO Y CONJUROS.

HARÁS LA PRUEBA DE...

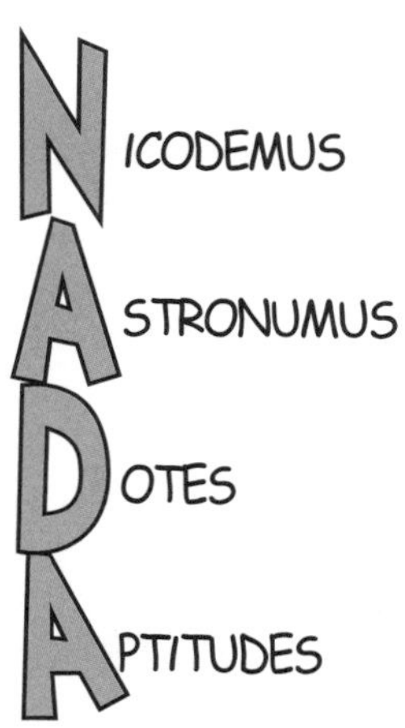
NICODEMUS
ASTRONUMUS
DOTES
APTITUDES

TAMBIÉN CONOCIDA COMO EL TEST NADA DE BRUJERÍA.

¿CÓMO? ¿TEST DE BRUJERÍA?
CORRECTO.

PARTE 1: CONTROL

¿VOY A PASAR UNA PRUEBA DE BRUJERÍA?
SÍ
¿O DE NADA DE BRUJERÍA?

ASÍ ES.
¡AAARRRGGHH!
¡ME RINDO!

PARTE 1: CONTROL. INSUFICIENTE.

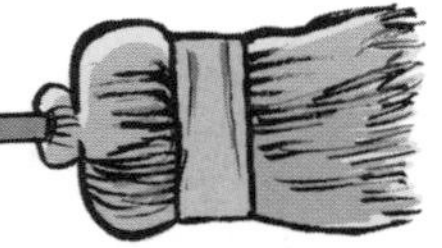

PARTE 2: VOLAR

¡DE NINGUNA MANERA! ¡PRIMERO TIENES QUE PASAR EL EXAMEN ESCRITO!
¿DÓNDE ESTÁ TU CASCO?
¡NI SIQUIERA TIENES PERMISO DE CONDUCIR ESCOBAS!
ADEMÁS, LOS GATOS NO...
FLUUSH
¡VUELAN!

¡ODIO VOLAR!

¿HE PASADO LA PRUEBA DE VUELO?
CREO QUE HE ENCONTRADO UN FALLO EN EL DISEÑO.
POP
NECESITAS UN ALARGADOR PARA EL CABLE.
¿ME LO DICES AHORA?

¡DEJA
DE GRITAR,
GATO
COBARDICA!
¡NO QUIERO
MORIR!
¡SOLO ME
QUEDAN CINCO
VIDAS!
NO
PUEDO
MIRAR.
RIP
¿LA BOLSA DE
LA ASPIRADORA
ES UN
PARACAÍDAS?
¡MIRA!
¡ALLÍ ESTÁ
MI CASA!

¿Y QUÉ? ¿QUÉ TAL ME HA SALIDO EL EXAMEN DE VUELO? ¿SOBRESALIENTE?
¡NO ME GUSTA VOLAR!
VALE, ADMITO QUE DEBO MEJORAR EL ATERRIZAJE.
¡ESO NO HA SIDO VOLAR, HA SIDO UN SECUESTRO!

¿ENTONCES QUÉ? ¿NOTABLE ALTO?

EL DÍA SIGUIENTE EN LA ESCUELA
NO ES DEMASIADO TARDE PARA PARTICIPAR EN EL CONCURSO DE DELETREO.
Escuela Elemental Lee Brown Coye

LA ESCUELA NECESITA UN NUEVO CAMPEÓN DE DELETREO.

CAMPEÓN.
CAMPEÓN

H-I-P-O-P-Ó-T-A-M-O
TENEMOS UNA NUEVA REINA DEL DELETREO: ¡SALEM HYDE!
1

GRACIAS, ¡GRACIAS!
MISS SPELLER
SALEM
GRACIAS POR PRESENTARTE, SALEM.

¡YO NO ME HE PRESENTADO PARA IR A VOLAR! ¡ALGUIEN SE HARÁ DAÑO!

¡Y ESE ALGUIEN SERÉ YO! VOY A ESCRIBIR MI CARTA DE DIMISIÓN.

¡ME LARGO DE AQUÍ! ¡ESTOY HARTO! ¡KAPUT!

AHORA MISMO VOY A ENTREGARLE MI CARTA A SALEM.

UY-UY. AQUÍ VIENE.

SERÁ MEJOR QUE SE LA ENVÍE POR CORREO.

¡EH, SALEM!
OH, HOLA, SHELLY.

GRACIAS POR PRESENTARTE AL CONCURSO DE DELETREO.
AH, VALE.

¡ASÍ SEGURO QUE GANARÉ!
¿QUÉ?

NO SABRÍAS NI DELETREAR «GATO» AUNQUE TE CAYERA UNO ENCIMA.
¿QUIERES VERLO?

LAS COSAS QUE UNO TIENE QUE HACER EN ESTE TRABAJO
G

A

TROMP
T

ESTABA EQUIVOCADA. JA, JA, JA.
¡MUCHAS GRACIAS!
APUNTABA A ELLA.

¿ME ESTABAS ESPIANDO?
EN ABSOLUTO. ENVIABA UNA CARTA.

¿QUÉ ES ESO DE UN CONCURSO DE DELETREO?
¡NO ES NADA!

¡LOS CONCURSOS DE DELETREO SON GENIALES! ALGUNOS DE LOS MEJORES MAESTROS CONJURADORES ERAN GRANDES DELETREADORES.
¿DE VERAS?

DICEN QUE NO PUEDES CONJURAR SIN SABER PRIMERO DELETREAR.
¡VALE, FANTÁSTICO ENTONCES! ¡NO GANARÉ NUNCA!
NO TIENES POR QUÉ SER ASÍ. PUEDO AYUDARTE.

¿DE VERAS?
POR ESO ESTOY AQUÍ. PARA AYUDARTE A TRIUNFAR.
¡GRACIAS, GRACIAS, GRACIAS!
ME... ESTÁS... APLASTANDO...
PERO YO...
¡VAMOS, EMPECEMOS YA!

PARTE 3: CONJUROS

¿Y AHORA QUÉ HACES?
PRACTICO MI CARA DE CONJUROS.

CONJURAR ES SABER PRONUNCIAR LAS PALABRAS CORRECTAS.

¿COMO ABRACADABRA Y ALAKAZAM?
¡SÍ!

¿O MAGIA POTAGIA?
¡PERFECTO!

¿O MUEVE TU CU-CU?
¡UY, NO!

TEN PACIENCIA, YA TE SALDRÁ.

EL AVE EN BANDADA VUELA Y ASÍ LO HARÁ LA ROCA QUE RUEDA.

¿QUÉ DECÍAS?

DEL DERECHO
Y DEL REVÉS ALZA
EL VUELO PIEDRA
SOSA, POR CIELO,
TIERRA Y MAR
Y PÓSATE DE
UNA VEZ.

PUFF

HE DICHO
¡MAR Y PÓSATE!
RIS
RIS
RIS

AAARRRGGGHHH
¡NO SE ME OCURREN LAS PALABRAS CORRECTAS!
RELÁJATE. TE ESTÁS ESFORZANDO DEMASIADO.
LANZAR CONJUROS ES COMO, MMM...
CAZAR UNA MARIPOSA.
TE LO ESTÁS INVENTANDO
EL 75% DE LA ENSEÑANZA ES INVENCIÓN.
CLICK

COMIDA
GRATIS
MARI POZA

ME GUSTABA MÁS CUANDO ERA UNA ROCA.

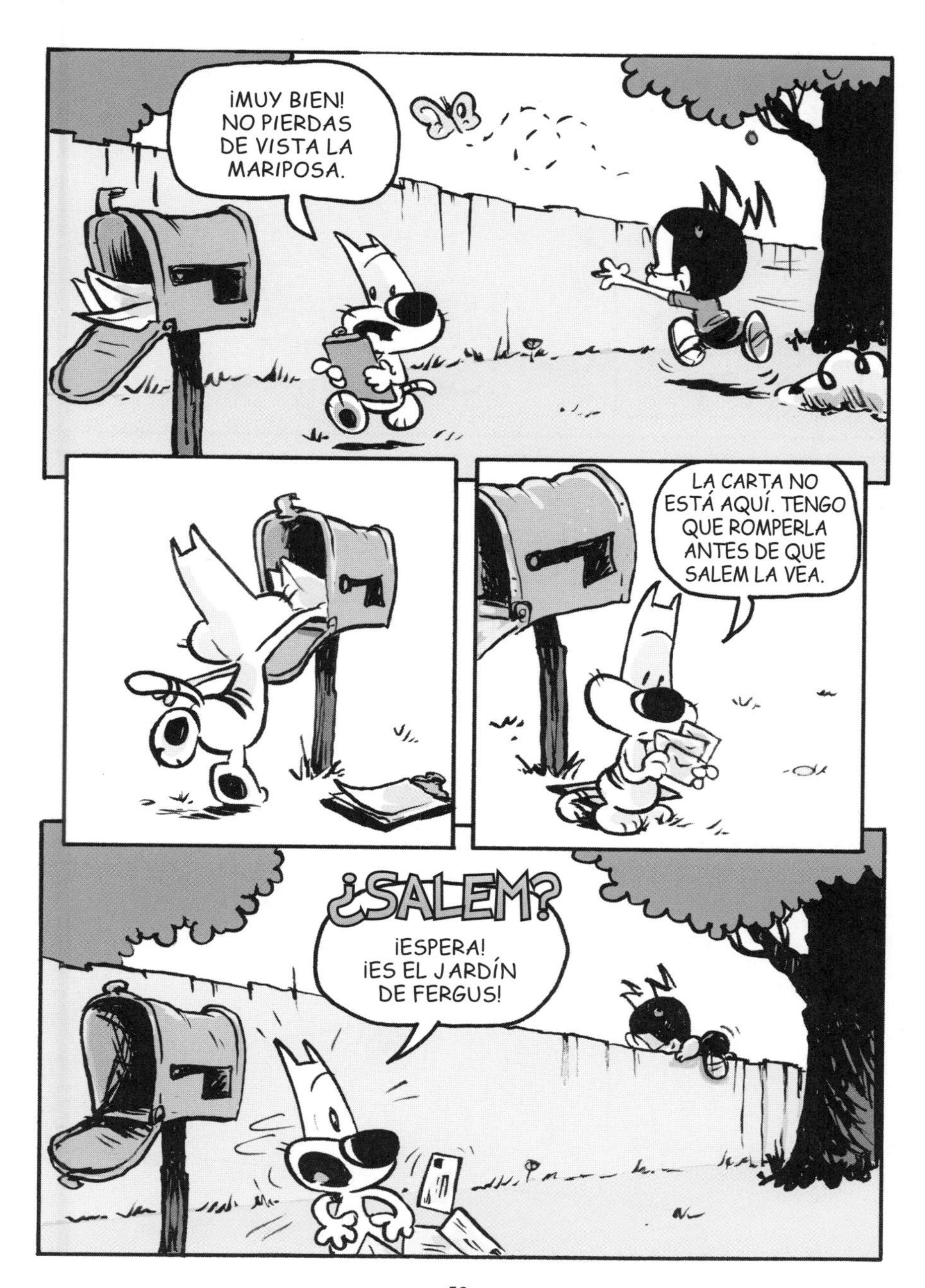
¡MUY BIEN! NO PIERDAS DE VISTA LA MARIPOSA.
LA CARTA NO ESTÁ AQUÍ. TENGO QUE ROMPERLA ANTES DE QUE SALEM LA VEA.
¿SALEM?
¡ESPERA! ¡ES EL JARDÍN DE FERGUS!

¡OH! ¡NO!
¡TÍA MARTHA ME VA A MATAR!

¿SALEM?

AAAYYYYYY

¡CORRE, POR TU VIDA!
ESPERA, ¿ESTE ES FERGUS?

AAAHHH

NO HAY NADA TAN ATERRADOR COMO UN BEBÉ DE DOS AÑOS AMANTE DE LOS GATITOS.
ESPECIALMENTE UNO CON MIEL EN LAS MANOS.
¡Fergus abraza gatito!

¿QUÉ LE PASA A ESTE CRÍO?
FERGUS SE PONE MUY NERVIOSO Y NO PARA HASTA QUE CONSIGUE LO QUE QUIERE.
GATITO JUEGA CONMIGO
COMO ALGUIEN QUE YO CONOZCO.
¿QUIÉN, YO?
NO, SUCEDIÓ HACE MUCHO TIEMPO. ADEMÁS, EL MUNDO NO GIRA EN TORNO A SALEM HYDE.
NO AÚN.

HACE MUCHO TIEMPO, FUI EL SEGUNDO DE A BORDO DE UN BALLENERO.
¡ME ENCANTAN LAS BALLENAS!
EL CAPITÁN ESTABA OBSESIONADO CON ENCONTRAR LA BALLENA BLANCA.
CUIDADO, CUBIERTA MOJADA
¿FUISTE MARINERO? PENSABA QUE LOS GATOS ODIAN EL AGUA.
CIERTO, PERO NOS GUSTA LA AVENTURA.

EL CAPITÁN PERSEGUÍA LA BALLENA BLANCA POR LOS SIETE MARES. ¿SABES POR QUÉ?
¿PORQUE QUERÍA SER SU MEJOR AMIGO?
NO. ÉL QUERÍA...
¡VENGANZA!
MEJOR DICHO, QUERÍA INVITARLE A TOMAR EL TÉ.
¡AHH, QUÉ AMABLE!

TAL VEZ ESTA HISTORIA NO TE CONVENGA.
¡OH, VENGA! NO SOY UN BEBÉ.
¡VALE!, ¡VALE! LUEGO, UN DÍA LA VIMOS.
¡POR ALLÍ SOPLA!
¡TODOS A LOS ARPONES!
¿ARPONES?
¿QUÉ CLASE DE HISTORIA ES ESTA? ¡SOY UNA NIÑA IMPRESIONABLE!

¿HE DICHO ARPONES? ES DECIR... ¡BALONES, GLOBOS!
¡GLOBOS! ¡A LAS BALLENAS LES ENCANTAN LOS GLOBOS!
¡TODOS A LOS GLOBOS!
¡AQUÍ SE LOS TRAIGO TODOS, MI CAPITÁN!
A MOBY DICK LE ENCANTARON LOS GLOBOS Y ELLA Y EL CAPITÁN VIVIERON FELICES PARA SIEMPRE JAMÁS.
QUÉ HISTORIA TAN BONITA.

ME GUSTARÍA TENER UN AMIGO COMO EL CAPITÁN AHAB.
NO A TODO EL MUNDO...

¿CÓMO LO HAS HECHO?
SI PERSIGUES ALGO, SALE CORRIENDO. TEN PACIENCIA Y VENDRÁ A TI.

¿CÓMO LO HICE EN LA PRUEBA?
¿DE VERAS QUIERES SABERLO?

PRIMERO: TE FALTA AUTOCONTROL.

LANZAS CONJUROS SIN TON NI SON.

VUELAS DE FORMA ATOLONDRADA.

Y TUS ATERRIZAJES... ¡PFFFFF...!

Y, APARTE DE ESO, ¿CÓMO LO HICE?

¿CÓMO CREES QUE LO HARÉ MAÑANA EN EL CONCURSO DE DELETREO?

BIEN SI RECUERDAS QUE DELETREAR Y CONJURAR ES MUY PARECIDO.

UNA LETRA FUERA DE LUGAR Y CAMBIAS TODO EL SIGNIFICADO.

LO QUE SE DICE ES MUY IMPORTANTE.
UNAS VECES MÁS QUE OTRAS.

ESTOY LISTA PARA EL CONCURSO DE DELETREO.
AÚN NO. OLVIDÉ ALGO.

LECHE

¿UNA PISTA DE ENTRENA-MIENTO?
NO PUEDES IR A UN CONCURSO SIN ENTRENARTE.

¿TÍA MARTHA? PERDONA QUE TE DESPIERTE, PERO ESTOY METIDO EN APUROS.

LE ENVIÉ UNA CARTA A SALEM DICIENDO QUE ME IBA... SÍ, BUENO, PERO LUEGO CAMBIÉ DE OPINIÓN Y DECIDÍ QUEDARME.

CLARO QUE INTENTÉ RECUPERAR LA CARTA.

COMO TE HE DICHO, ESTOY METIDO EN APUROS.
CORREO

EL DÍA SIGUIENTE
¡NOS VEMOS EN EL CONCURSO DE DELETREO!
¡HASTA LUEGO! ¡BUENA SUERTE!
HYDE

¿ME ESTÁS ESPERANDO?

¡LO SIENTO AMIGO!

YA LE HE DADO EL CORREO A SALEM.

LUEGO
¿QUÉ HACE AQUÍ FUERA?
¡OH, HOLA, SR. FINK! ESTOY ESPERANDO A MI... AMIGO.
¡ME PARECE A MÍ QUE ESTÁ ESPERANDO PARA HACER DIABLURAS!

CUANDO VEA A MI AMIGO, ¿LE DIRÁ QUE YA HE ENTRADO?
SÍ, SÍ, Y AHORA VÁYASE, QUE EL CONCURSO VA A EMPEZAR.

SRTA. HYDE, SE LE HA CAÍDO ALGO.

GRACIAS.

LA ESTARÉ VIGILANDO.

RIS

Querida Salem:

Muchas gracias por la hospitalidad que tú y tu familia me habéis dispensado.

Escribo esta carta con todo el dolor de mi corazón.

He pensado detenidamente el tema y he decidido irme.
RRAD LA UERTA
CUIDADO CON FERGUS
¡FUERA!
Adiós, gatito

Estoy seguro de que tu tía Martha te encontrará un compañero más adecuado.
BUS STOP
BUS

BUS STOP
Por favor, acepta mi dimisión.

Atentamente,

Percival J. Whamsford III

¡NO NECESITO SU AYUDA!
KICK

PUEDO HACERLO SOLA.

DELETREO BIEN.

SOY UNA PERSONA INDEPENDIENTE.

Y, TAL VEZ, UN POCO DE MAGIA NO HAGA DAÑO.
AL FIN Y AL CABO, DIJO QUE DELETREAR ERA COMO CONJURAR.

CRAC
VALE, ¡AHÍ VA ESO!

CONFUSIÓN Y ATURULLICIÓN, EL ERROR
CORREGIRÁS Y CIERTO HARÁS.

PERFECTO Y CLARO, TODO EL MUNDO LO VERÁ.

EN LA REINA DEL DELETREO ME CONVERTIRÁS.

¡ESO DEBERÍA FUNCIONAR!

BIENVENIDOS AL 3R. CONCURSO ANUAL DE DELETREO DE LA ESCUELA ELEMENTAL LEE BROWN COYE.
CONCURSO DE DELETREO
LA PRIMERA PALABRA ES JABALINA.
AL ATLETA LE CUESTA LANZAR LA JABALINA.
JABALINA
J-A-B-A-L-I
JABALINA

LO SIENTO, ES INCORRECTA.

LA SIGUIENTE PALABRA ES «OJO».
KAZAM
SNORT

SANDY LE METIÓ SIN QUERER UN DEDO EN EL OJO.
SNORT
SNORT

UN POCO DESPUÉS
BARRENA, B-A-L-L-E-N-A, BARRENA
5
LO SIENTO, NO ES CORRECTO.
SALEM, LA SIGUIENTE PALABRA ES...
IIIIAIAIAIIIOOOOUUUUA
¡OH NO! ¡UNA BALLENA! HE PRONUNCIADO MAL MI CONJURO. SERÁ MEJOR QUE SALGA PITANDO DE AQUÍ Y SOLUCIONE LAS COSAS RÁPIDO.

TU PALABRA ES «PROBLEMA». «CUANDO BILL ROMPIÓ LA VENTANA, VIO QUE TENÍA UN PROBLEMA».
PROBLEMA, P-O-B-R-E-M-A, PROBLEMA.
LO SIENTO. NO ES CORRECTO.
6
6
5

BABA
BABEO
GOTEO

GROWL!
SPLASH
¡NO ESTÁ!

¡WHAMMY!
¡ESTÁS AQUÍ!
¿CÓMO LO HAS HECHO?
¡FLUIDO DRUIDA MÁGICO DE CORRECCIÓN!
VA GENIAL PARA LOS ERRORES DE CONJUROS.

ZAP

¿Y ESO A QUÉ VIENE?
¡POR TU ESTÚPIDA CARTA!

LO SIENTO, SALEM. INTENTÉ RECUPERAR LA CARTA PERO NO PUDE.
VALE, LO COMPRENDO. ESTÁS HABLANDO CON LA REINA DE LOS ACTOS IMPULSIVOS.
HABLANDO DE BRUJERÍA. ¿CUÁNTOS ERRORES MÁS HAY POR AQUÍ?
HUMM... «JABALÍ», «RATA», «CABALLERO» Y «BALLENA».
D.F.
TENEMOS QUE CORREGIR TODOS LOS ERRORES RÁPIDAMENTE.
¿RÁPIDAMENTE? ¡TENGO UNA IDEA!

SABÍA QUE IBA A PASAR ESTO.
¡SUJÉ-TATE!
¿EL SR. FINK ES UN JABALÍ?
DIME ALGO QUE YO NO SEPA.
¡PUAAAG!
¡ESTÁ COMIENDO BASURA!
CRUNCH
CHOMP
CHOMP

¡QUÉ ASCO!
LO SÉ. QUÉ MALOS MODALES EN LA MESA.
CHOMP
SQUISH
CRUNCH

¡DEPRISA!
EL ARTE NO QUIERE PRISAS.

AQUÍ ALGO VA TERRIBLEMENTE MAL.

BBA
CHOC

SUU
PUAG

RAAA
ARG

AGUA
AGUA
AGUA
AGUA
AGUA
AGUA

AGUA, AGUA, BA, BA, BA...
GYM

¡BALLENA!

¡ESPERA A QUE LA DIRECTORA McCOBB VEA ESTO!
¡TE PILLÉ, SALEM HYDE!

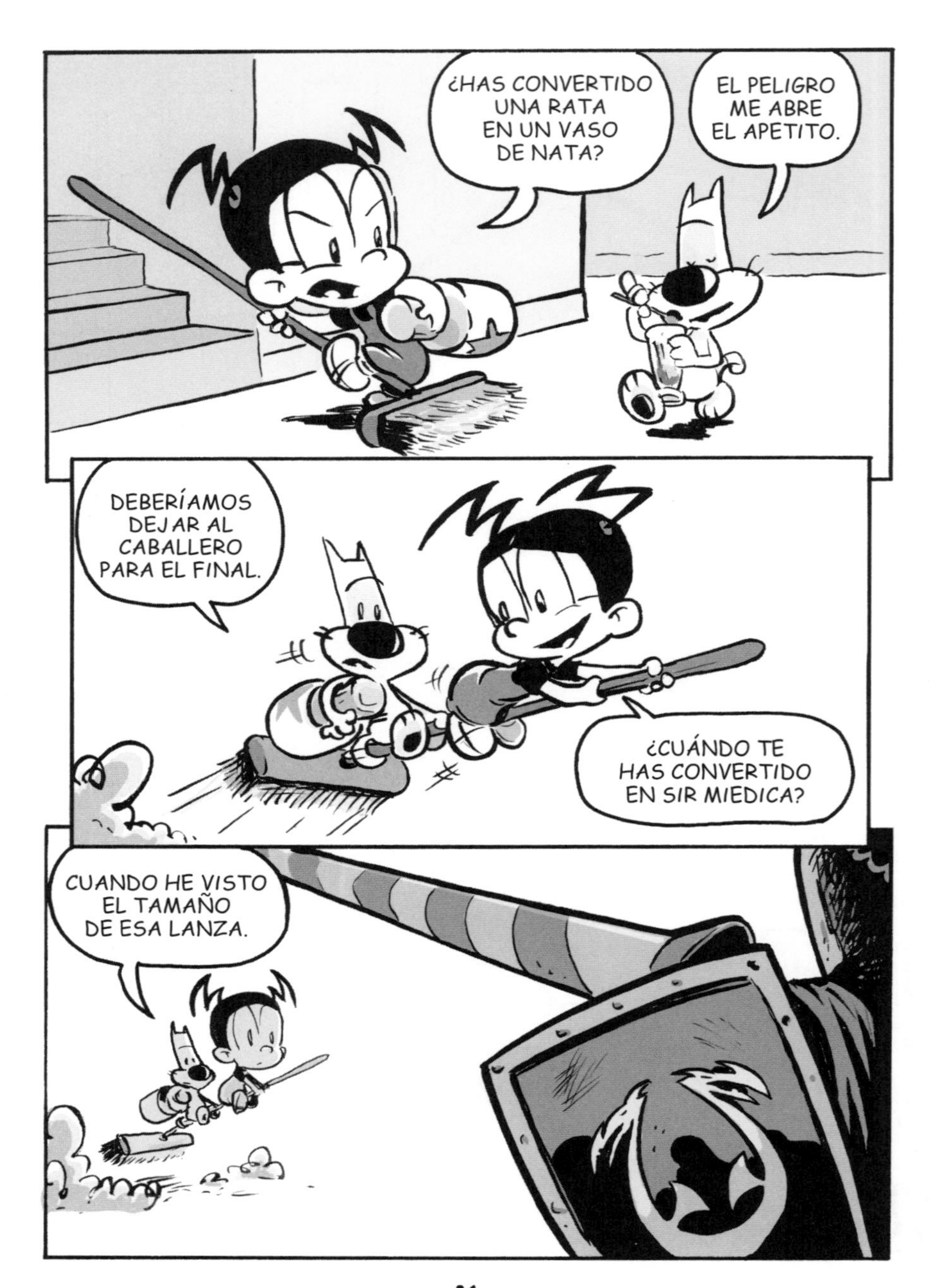
¿HAS CONVERTIDO UNA RATA EN UN VASO DE NATA?
EL PELIGRO ME ABRE EL APETITO.
DEBERÍAMOS DEJAR AL CABALLERO PARA EL FINAL.
¿CUÁNDO TE HAS CONVERTIDO EN SIR MIEDICA?
CUANDO HE VISTO EL TAMAÑO DE ESA LANZA.

¡MIRA, NOS ESTÁ ESPERANDO!
SALEM, DEMOS UN RODEO.
NO, TONTO, ESTO ES UN TORNEO.

SPLASH
PLAFF

BUEN VUELO, MAL ATERRIZAJE.

YO LO HAGO ASÍ.

¡OH, NO!
¡SE HA DERRAMADO EL FLUIDO DRUIDA!
¡YA NO QUEDA PARA LA BALLENA!
EL SR. FINK VOLVERÁ PRONTO.
¿QUÉ VAMOS A HACER?
?
¡SOLO UN CONJURITO MÁS!

¡SERÁ MEJOR QUE MEREZCA LA PENA, SR. FINK!
¡OH, SÍ, CLARO, SÍ, SÍ!

¿NO HUELE A BASURA?
¿BASURA? UH, NO, SEÑORA.

VOY A DEMOSTRARLE DE UNA VEZ POR TODAS QUE ESTÁ PASANDO ALGO RARO EN NUESTRA ESCUELA.

¡OH, CIELOS!
¡TA-CHAN!

¿DE DÓNDE SALE TODA ESTA AGUA?
¿AGUA? ¿Y LA BALLENA?
¡HABÍA UNA BALLENA AQUÍ MISMO!
¡LE VERÉ EN MI OFICINA EL LUNES!
AH, POR CIERTO, SR. FINK, ¡BÁÑESE!
¿DÓNDE HABRÁ IDO?

¡YA TE DIJE QUE
A LAS BALLENAS
LES ENCANTAN
LOS GLOBOS!
¿SABES SI SHELLY
HA GANADO
EL CONCURSO
DE DELETREO?
ANTES DE
IRNOS, ELLA
DELETREÓ MAL
«CLAVA».

¡UY, VAYA!
¿MAMÁ? ALGUIEN...
¡SOCORRO!

¡POR ALLÍ SOPLA! ¡EL MAR ESTÁ JUSTO ENFRENTE!
¡A LA ORDEN, MI CAPITÁN!

¿AÚN QUIERES IRTE?
TE MERECES UN MAESTRO MEJOR.
VALE.
¿VALE? ¿VAS A DEJAR QUE ME VAYA?
CLARO. SI PERSIGUES ALGO, SALE CORRIENDO.
DONG DONG DONG
CASI ES MEDIA NOCHE. DEBERÍA IRME.

DONG DONG DONG DONG
TAL VEZ LA PRÓXIMA VEZ TE ENVÍEN UN UNICORNIO.

DONG DONG
YO NO QUIERO UN UNICORNIO. YO QUIERO UN AMIGO.

DONG
DONG

¡YA LO TIENES!

Conoce a FRANK CAMMUSO

GRACIAS ESPECIALES A...

Sheila Keenan, Kathy Leonardo, Nancy Iacovelli, Hart Seely, Judy Hansen, Tom Peyer, Charlie Kochman, Nathan Hale, Maggie Lehrman, Sara Corbett, Chad Beckerman, y finalmente a mi mujer y mi hijo por dejarme que los abandone.

Para disfrutar de más anécdotas divertidas de Salem, Whammy y de mí mismo, mirad en mi web...
www.cammuso.com